연둣빛 하늘

연둣빛 하늘

© 2023 김명옥

초판인쇄 | 2023년 5월 25일
초판발행 | 2023년 5월 30일

지 은 이 | 김명옥
펴 낸 이 | 배재경
펴 낸 곳 | 도서출판 작가마을
등   록 | 제 2002-000012호
주   소 | 부산광역시 중구 대청로 141번길 15-1 대륙빌딩 301호
　　　　　 서울시 도봉구 도당로 82(방학1동, 방학사진관 3층)
　　　　　 T. 051)248-4145, 2598　F. 051)248-0723　E. seepoet@hanmail.net

ISBN 979-11-5606-229-5　03810　정가 10,000원

※ 본 도서는 한국예술인복지재단의 '창작준비금지원사업 - 창작디딤돌' 지원을 받았습니다.
※ 이 책의 무단전재 및 복제행위는 저작권법에 의거, 처벌의 대상이 됩니다.

연둣빛 하늘

김 명 옥 시집

도서출판
작가마을

강산이 세 번은 바뀌었는가
그 먼 길 걸어온 길
독 같은 게으름을 버리고
문득,
봄기운이 내 삶 깊숙이 들어왔는가
연두 하늘 끝없는 희망일 게다
졸졸 개울가 버들강아지 뽀송한 자태
아직도 보고 싶다
오래간만에 부족한 시편들 묶는다
거꾸로 올려 본 하늘
우주의 세상 봄날 일 게다.

2023년 봄

김 명 옥

차례 __ 김명옥 시집

연둣빛 하늘

차례 __ 김명옥 시집

연둣빛 하늘

연둣빛 하늘

김명옥

제1부

그 길

그 길을 가고 있습니다
수없이 지난겨울 언저리
바람은 봄꽃으로 핍니다
배산 아래 사계가 묻어나는 삶의 길
흐린 날 젖은 체온 부추기며
햇살 푸른 날엔 그곳을 봅니다
이루어야 할 무엇이 있기에
바람 지난 상처에 봄꽃이 핍니다

그 길을 가고 있습니다
지난 길 속에는
어머니의 깊은 염려가 있습니다
어김없이 피는 꽃
지척에 두고 온 수십 년 어머니 대문 집
깊은 겨울 보낸 그 꽃 같은 얼굴
애틋한 손길 된장국 끓고 있던 골목
오늘은 그 길이 환하다
아직도 어머니의 걱정이 앞선 집
바램처럼 그 길 가고 있는지 모릅니다.

그릇

둥글고 깊은 하얀 면기에
사계를 담는다

한겨울 뜨거운 정 피어오르는
시락국 한 사발 세상이 편안하다

가을날 오색단풍 햇과 풍성한
눈 시린 금수강산 올곧게 빛나고
구릿빛 얼굴들은
황금들녘 흙의 진실을 믿어 캐고 있다

한여름 투명한 얼음 띄운 미역 냉국
울화통 화병 속 시원히 풀어주는 맛
청정한 깊은 바다를 담는다

둥글고 속 깊은 그릇
연둣빛 봄을 새롭게 담아볼까

어디에도 부족한 나의 그릇에
따스한 햇살 머금은 어머니의 장독대
그리움 우려낸 속 깊은 장맛을 담아볼까.

채석강 1

부안의 격포항은 고요하다
탁 트인 수평선에 걸친 작은 섬 하나
제격 갖춘 풍경으로 바다에 빠져 있다

자연이 만들어 낸 기묘한 형상의 아름다움
학구열파 용왕의 아들 책을 펼친 모습일까
심열 기울인 어느 선비의 서재를 탐방하는 듯
대자연에 감탄하기도 모자란
단 하루의 몇 시간을 할애하고 있다

한평생 오열했을 바다의 삶 그때
무슨 할 말 많아 켜켜이 새긴 사연일까
까맣게 속이 탄 거대한 대사전이다
그 옛날 피 끓던 시절의 미완성의 흔적
심해 밑바닥이 만들어낸 신의 한수
돌 갈피마다 세상에 남길 묵언의 말 일 게다
검은 갈피마다 삶인 바닷사람들 안녕 일 게다.

채석강 2

누군가의 설움이 곰삭아 있다
누군가의 분노가 쌓여있다
누군가의 평안이 곰삭아 있다

먼 지난 세기를 뒤돌아볼 수 있는
오늘 평온한 바다는 말이 없는데
겹겹 쌓아놓은 사계의 결정체
무한정 퇴색되기 싫어 표출된 바다 마음일까
차마 무슨 말 형상화 시킬까
어떤 사람의 손재주가 따를 수 있을까
심해 피 끓는 애환의 결정체 일 게다
끝없는 자원의 보물 같은 기적이다
깊은 바다 정갈한 선비의 품격 일 게다.

통도사 풍경 1

가을 초입 초록 바람 따라
영축산 청아한 새소리 물소리 따라
무거운 발 디딘 통도사 해장보각
여럿 생각들이 조화롭게 웅성인다
관세음보살 업보 닦을 초심보다
깊은 정기 받으려 풍경에 빼앗긴 불심
속세의 번뇌 잠시 내려놓은 자유
정통을 지키며 묵묵히 서 있는 소나무
산사의 바람은 말을 아낀다
어렴풋 나무들은 몫을 다할 채비를 하고
삶의 해탈 하루는 짧다.

통도사 풍경 2

아무도 눈길 주지 않는다
바람 한 점 없는 넓은 숲속
저토록 깊은 부처의 도량
온갖 근심 내려보는 광명의 품속
내 느린 깨달음 어디쯤 닿을 수 있는지
한량없이 찾아보는 관세음보살 관세음보살
카랑하게 흘러가는 심산계곡
물소리에 억겁의 세월 씻는다
끝없는 참회 한숨 돌릴 때마다
백팔번뇌 하나씩
나보다 먼저 회향하는 벚꽃나무를 본다.

통도사에는

수 년을 멀다고만 변명해온 그곳
부처의 진신사리 봉안된 불보사찰
부처가 설법하던 영축산 계곡 바람 소리 귀 기울이면
수없이 손꼽은 광명의 날 있었을 게다

얼마만큼의 죽비소리 속세에도 온통 사무쳤을까
그 많은 삶의 궤도를 돌아 찾은 큰집같이 푸근한
터벅터벅 일탈한 하루는 바쁘다

자장율사의 한결같은 대 이은 목탁 소리
신새벽을 일깨우고
중심 이룬 빛난 정신 금강계단에 잠들었네
불상 없는 대웅전 덩그러니 동안거 든 진신사리
세계문화유산 등재로도 묵언 수행하는 근본 도량
봉발탑 반야의 지혜 그 누구 금강석을 깨뜨릴까

천왕문 불이문을 무사히 통과한 나의 업보
망상을 뿌리친 금강석 같은 그 날부터

멀다고 고집한 큰집에 둥지 튼 관세음보살 불경 소리
강인한 반야의 지혜 자비로 닮아가고 있을 게다.

첫눈 내린 통도사

기해년 겨울 이른 봄날
겨울은 떠날 계획도 꿈쩍도 없이 꽃은 피었다

영축산 정기에 솔가지마다 법문 같은 하얀 눈꽃
힘겨운 세상 정화되는 환희의 염원일까
도심과 다르게 산사에는 눈 시리게 푸르다
일상이 쳇바퀴 돌 듯 현기증에 시달리던
첫눈 내리면 매화꽃 마중 약속했던
몇몇 불심으로 동행한 곳
고귀한 푸른 향기 몇 번을 후각에 저장한 채
잠깐 동심으로 돌아가고 있었다

낮은 산 중턱 청매화 홀로 신비롭다

멀었던 일주문 천왕문 합장하고 들어서면
만첩홍매 분홍매 화들짝 만개한 채 중생을 반기고
극락전 절 마당 부처님 법문이 가지마다 빼곡하다
자장율사 창건을 기리는 자장매 아직도 반듯한데

깨달음에 든 수많은 인연의 발자국
태초의 광명의 길 자비로운 포교에 떠난 자리 빛나고
일체중생 계율 지킨 득도한 자장매가 빛난다.

배산 숲길

사는 곳 가까이 금강산이 있다
배산 초입 벚꽃 아카시아꽃 만발한
등산객이 길들여 놓은 흙길 따라
싱싱한 아침이 나뭇잎 사이로 반짝인다
언제이든 반짝이고 싶었던 나
그 숲에 함께 연두 잎들 변신 중이다
지난날 숲 그늘에 묻혀 골똘했던
기억의 씨앗 진화된 숲 웅장하다
가파른 먼 길 돌고 돌아 숲에 들면
일상의 관절 통증은 무심해지고
겨울을 지켜온 산새들 아침을 열고
동튼 하루를 펼쳐야 할 숲은 속 깊다
육중한 생각을 조율하는 생명의 피톤치드
허물어진 폐부 재생 공급에 분주하다
오늘 하루 강력하게 부정해도 좋을
키 낮은 야생 들꽃들 눈 마중하고
신들린 신비의 숲 홀로 묻혀 걷는다
언제이든 속 깊은 그 숲길 걷는다.

게릴라성 소나기 1

신록 우거진 산천이 부른다
강인하게 지탱해 온 삶을 위로하듯
먼발치 까치발로 쉬어가라 손짓한다

작금의 세상을 탓하기엔 때늦다
인간이 버린 공해물 씨앗 되어 폭발한 듯하다
무심코 뱉은 몇몇 언어의 유희들
갑작스런 폭언 같은 빗줄기
절망에 갇히어 허우적일 때
때론 속 시원한 여름 열기를 식혀주는
희망적인 꿈이 되기도 하지
습과 열이 맞장구치며 쏟아내는 결과물
대자연의 분노를 받아들여야 한다지
한여름 초입에 성대히 신고식 치른
탁 트인 푸른 하늘이 반갑다.

게릴라성 소나기 2

빗나간 예보는 동해안이나 서해 외딴섬에서
뜬금없이 강타당한 푸른 소나무의 비보
폭죽 같은 빗줄기를 고스란히 맞았을
서슬푸르게 공중을 맴돌던 냉기류
도심의 콘크리트 벽을 두들기다가 주춤하다

낮달이 뜬 오후 잠깐 공습한 기 싸움
따스한 햇빛 먹구름을 가른다
후두둑 빗발치던 빗줄기 사라진 거리에
온기를 찾은 사람들은 제 스텝을 밟는다
항변할 틈도 없는 세찬 비바람에 허우적인
대책 없이 쓰러진 키 작은 풀꽃
힘 추스려 애쓰는 푸른 나무들
동해나 서해 어디쯤에도 고요했을 법한
후두둑 후두둑 휩쓸고 간 재앙 같은
속 후련한 잠깐 자연의 순리일 게다.

노도에 가다

통영 뱃길 바다에 두 발 얹은
남해 서슬푸른 바다를 5분간 두둥실 떠간다
작은 섬에도 어김없이
노도의 가을이 무르익어 고요롭다

깊숙이 들어선 유배 문학관은 관록을 지키고
어찌하여 남쪽 끝자락에 뒷짐 지고 선
긴 역사의 뒤안길에 선 고뇌의 한 서린 영혼들
빼곡한 유배의 근원과 사유
멍하니 눈으로 스케치할 뿐이다

애절함 가슴에 묻고 떠난 모친상
초당 감나무에 구슬피 울었을 수많은 생명
내 텅 빈 수레 육신만 되돌아왔을 뿐
까악까악 까치도 외로움에 벗하였으리라.

고향 같은 바다

바다는 한결같다
옆 마을 같은 친근한 남해 바다

비웃음도 없는
잘남도 못남도 없는
비굴함도 없는 공존의 바다
무한한 에너지의 고향 바다

바다는 영원하다
공평함이 있는 바다
설렘 있는 뿌리 깊은 바다
신비의 새로움이 있는 넓은
심성 곧은 맑은 평화로운 바다
거제도 바다와 똑 닮았다.

소고기뭇국

잠깐의 시간도 여유 없는 일상
초대의 높은 뜻 지킨다
곁에 앉음도 황송한 오랜 인연 사랑
늦은 인사 마중해주는 벗 같은 사람과
도란도란 시골 밥상에 바다 식구도 차려졌다
주인공은 소고기 무국이다
일찍 서두른 얼굴들 반갑기도 전에
한 숟갈 깊은 국물 맛 행복한 맛이다
오랜 가마솥 푹 끓인 소원성취의 맛이다
어릴 적 특별한 날에 먹어 본
가끔씩 그리웠던 그때의 맛 집밥 먹는다
참 감사한 이런 날 있다는 이 순간
"식은 것에 따끈함은 더하지 마라
원래의 맛 사라진다 따끈한 새것으로 맛보아라"
잊지 못할 맑고 깊은 맛 보았다
분명 초대자의 깊은 뜻 있었으리라.

연둣빛 하늘

김명옥

제2부

수계

푸른 소나무가 침묵하고 있다
허겁지겁 살아온 세월 지우듯
결코 헛되지않은 사계 땀 흘리고 간
옛 선조 계보를 잇는 엄한 다스림이다
관세음보살전 광명으로 사라지는 비애
무엇이든 믿음 주는 마법 같은 순간이다
맘 편히 외워보는 옴마니반메훔
환생의 꿈 훨훨 먹구름 걷힌 하늘
푸른 소나무 묵언이 삼라만상 기운 돋운다.

금낭화 소리 1

톡톡 첫새벽을 깨우는 소리
싱그러운 봄바람 따라 마음 여는 부처님 세계
방긋 세상사 잊으라 한다
지상낙원 수많은 연둣빛 숨소리 꿈이여
거꾸로 올려다본 연두 하늘 무한의 희망이여
내 유년의 하늘 꿈이여
긴 겨울 잘 견뎌낸 결정체이다
그 누구 트집도 감싸 주는 넓은 세계
새로운 발걸음에 박수갈채 보낸다
낮은 산등성 넘나드는 무한 사랑 부처님 사랑
두 손 모아 용서하라 합장해 보는 금낭화 소리
맑은 눈망울로 침묵하는 금낭화 소리

금낭화 소리 2

작은 선홍색 꽃망울이 흔들린다
흔들린다는 것은 나를 찾는 설레임
줄 이은 소망의 소리 눈부시다
봄날
올망졸망 서로를 보듬어 위로한다
탱글탱글 희망을 노래한다
두 손 모아 꿈꾸어 보는 보석함이다
찰랑찰랑 들녘 성불하는 금낭화 소리
누군가 꽃길 걸어갈 등불이다.

요즘 시대 1

참 편리하다
온돌방 같은 침대에서 뜨끈히 눈 떠고
집 콕 컴퓨터에서
온갖 장터 먹거리와 일상의 필수품
몇십 분에 현관 앞 대령
발품 팔지 않아도 손 터치로 만사형통

참말 용하다
인간이 만든 기계
그들이 시키는 대로면 오차 없다
인간이 기계에 지배받고
기계가 군림하는 시대에도 행복할 것이다
버튼 하나면 세계가 하나 된 풍경

세상사 고마운 일이다
지구 방방곡곡 우수품종 가공된 먹거리
기계의 지배보다 더 깊은 눈물 삼킨다
진화된 편리시대

모든 것 사람이 만든 정직한 시대

지금 초현실주의에 만끽하고 있다.

요즘 시대 2

손끝 한 번 터치로 변한다
온갖 희로애락이 편리시대
첨단 아이티 시대 무궁무진 시대
오늘도 내일도 먼 훗날
더 가볍고 얇아야 훌륭한 생존의 시대

온갖 세상이 하루면 달려온다
온갖 사랑이 터치 하나로 품에 안긴다
휘청거리는 하루하루 삶들
당당히 걸음 재촉하는 MZ세대는 알까
그 옛날 가마솥 누룽지의 구수함을
그 옛날 진달래 산딸기 맑은 달콤함을.

봄은 왔는가

연두의 향연 그렇게 시작인 줄 알았다
무심히 흘러간 겨울 잔재를
몸부림치며 가슴에 또 하나의 돌이 되었다
스스로를 해탈하지 못한 몽환적인
어두운 먹구름 흘러가면
봄 햇살 연둣빛 하늘을 꿈꾸다
물끄러미 흘려보낸 아쉬운 염원
악재의 코로나 바이러스 침입
세상이 마비된 채 한계를 넘나들고
식별되지 않는 비말의 위력
맥없이 흘러간 봄꽃들의 반란이 즐비한데
잿빛 봄이 그렇게 웅성거리던
새롭게 그린 그림에 봄은 왔는가.

쑥국

코로나 19로 봉쇄된 현실에도
자연은 자유롭게 순리를 다하고 있었다

봄이 한창 필 무렵
무거운 겨울을 힘껏 털어 낸다
들녘 가득 연둣빛 눈 시리다
세상사 바쁜 S시인, N시인과 함께
소품처럼 챙겨온 전통과 퓨전 쑥 범벅
봄 그늘 연두 바람 곁들여 먹는다

미리 작정한 쑥 캐기 햇살까지 덤이다
풀숲 언 땅 헤집고 얼싸안고 흔해서 무시당한
캐온 봄 한 냄비 가득하고
된장 풀고 바지락 땡초 양파 마늘도 다져 넣고
클라이막스는 들깨가루와 약간의 조미료 감칠맛
옛 어머니 쑥국에 길들여진 맛 알고 있다
근접한 구수한 쑥국 한 그릇 보약처럼

봄 향기 쑥 향기 뚝닥 먹은

폐부 깊숙이 들어온 추억의 봄이었다.

도라지꽃

시골 옛터 초가집은 풍성했다
고성 마을 어귀 도랑길 따라
논두렁 냇물도 맑고 순수하다
삽작 텃밭 근사하게 조성된
백의민족 같은 또렷하게 자존심 세워
백도라지꽃 보라색꽃 도라지 타령 물올랐다
오랜 세파를 지나온 병든 세상 폐부를
일제히 벌떡 일으켜 쾌청을 부를 기세
세인들은 뿌리째 염증 완화의 특효를 누릴 기세
한갓 양귀비꽃보다 화려할까만
몇 그루 요염한 원색적으로 하늘거린다
오랜 날 강산도 변한 이즈음에 감탄했던
한여름 날 하얀 보라 순진하게 피었을 게다
햇살 따가운 여름 촌에서 촌스럽게
부활의 고귀한 꽃 풍성히 피었을 게다.

봄나물

겨울은 분명 쓸쓸했을 게다
지난 화려했던 기억들 접고
긴 숙면에 들어 행복했을 게다

약속처럼 꽃샘바람 따라
봄은 연분홍 빨강 동백꽃 정원을 깨웠네
입춘 지난겨울 자리마다
연두 풀잎 냉이꽃 유채꽃 장기자랑인데
나의 봄은 동면에 들었는가
온데간데없는 황무지 같네

언제 왔는지 화들짝 동백꽃 한 아름
내 맘에 안겨 오네
봄나물 같은 향기여
따순 햇살 아래 나도 봄꽃으로 피려 하네.

발우공양 2

채우는 것보다
비우는 것들이 어렵다는 것을
이제는 알겠는가

끝없는 탐진치 굴레
휘몰아치는 생의 거센 바람 소리에
화들짝 마음을 치고 가는 죽비소리
나를 찾아보는 다행한 것
백팔번뇌 내려놓고 가리라
삶의 무게를 조율하고
마음 참답게 다스린다는 것
맑게 비운다는 것
멀고도 가까운 깨달음인가.

폭우

갑작스러운 소란이 공기를 가른다
눅눅한 생각들이 우르르 겁에 질린 형상
얼굴을 가릴 우산을 찾는 나그네
순간의 웃음 잃은 철없는 사람들
무슨 야단법석 떨며 눈동자를 굴린다
처음처럼 놀란 가슴을 움켜쥐고
대낮 날벼락 맞듯
함께 쓸려 갔을 먼지를 위한 위로를 나눈다
일상을 구기던 혐오감들은 휩쓸려 갔으리라
질퍽이는 발자국이 잠잠해졌다
넘쳐 흩날리던 기만은 온데간데없고
검은 구름 순식간 사라져간 오후 한때
사소한 겁에 질린 영혼을 돌려보내고
말끔한 일상에 복귀한 태양은 솟는다.

소나기를 기다린다

푹푹 찌는 염통 더위 한여름 날
그대가 절실하다
폭염주의보가 계엄령처럼 강타한
지상 숨 쉬는 것들 통째 집어삼킬 기세
머리 정수리에서 샘솟는 땀범벅 노동
숨이 턱턱 막힌다
꿈적 않고 겁 없는 하늘이 미쳤다
삼복더위 정열 찾는 몸보신 복날
태양을 저주하고 싶은 여름날
끈적하게 붙어 있던 날 세운 지난날
원한 없는 속 시원한 협상을 꿈꾸며
그대가 그립다
지구 속 화산폭발 지진 비핵화 난리법석
소통될 태풍 '순산'은 비밀리에 북상한
더욱 뜨거운 뒤끝이 작렬한
자연 속 사람 모질게 앓고 있다
경건한 신 같은 태양이 없는 근간 세상
무채색 그대를 기다린다.

가을에게

참 고마웠다
후텁지근한 삶을 보내고
꼬박 삼일 고뇌한
때묵은 인간사 훌훌 털어내고
또 다른 낯선 곳으로의 길
우수수 떨어지는 가을은 사치처럼
긴 마라톤 출발이다

정말 다행이다
긴 여정 끝쯤에서
고백 같은 영혼의 숙제 차곡차곡 엮어서
가을빛 옷깃 세우고
억겁의 중생 업보 같은 시를 쓰고
아름답게 고요하게
남은 사계 넉넉한 오색단풍 노을이면 좋겠다
살아남은 방법을 터득한 푸른 가을이다.

가을 전상서

봄여름 지나고 알진 가을입니다
명경 같은 하늘 아래 만물도 살아 숨 쉬는데
가끔씩 저녁 밥상이 풍성해지는 꿈을 꿉니다
그때의 시간 되돌아가기엔 먼 기억입니다
가마솥 갓 지은 쌀과 보리 고구마의 조화는 한 폭의
명화
구수한 밥 내음에 아무 걱정 없었던 유년의 땅
그곳이 사무치도록 그리움은
지내온 삶이 그리 녹록지 않은 이유일 게다
겨울이 오면 이뤄내지 못한 쓸쓸함이
겨울 산사를 서성이고 있을지도 모릅니다
꽁꽁 얼어붙은 논바닥 썰매를 호호 불며 타던
코끝 찡한 기억처럼 그 열정에 살아온지도 모릅니다
오랜 그 가을빛 어머니 밥상을 꿈꿔 봅니다.

또 다른 여유

올해 여름은 몸서리치듯 변화무쌍하다
계획 없는 호사를 누릴 수 있는 여유로움
인류의 생존 위협하는 섭리 지구의 엄벌인가
유래없는 긴 장마 태풍의 습성 과학도 짐작 못하는가

침통한 근황을 알리는 확진 숫자
무겁고 갑갑함 달래 주는 작은 음악회
엔니오 모리코네의 영화음악 선율
바다가 보이는 곳에서의 감상은 값지다
수도권에서 한 시간을 위해 걸음 한 K 바이올리니스트
몇십 명의 희로애락 위해 동행한 P 첼리스트

불안의 시대 우리들의 삶
석양 속에 한곳을 바라보는 두 주인공처럼
위로해 주는 함께 영광스러운 클래식 무대
여태의 맑은 바다 내음 새삼 생경하다.

가을 소풍

그녀들의 경사에 덩달아 춤춘다
소풍을 계획 노후의 삶 터전 보러 간다는
핵심은 소문난 짬뽕 먹으러 간다는
차량 봉사에 N시인의 짝꿍의 헌신적인 몸에 밴
모두가 가을바람 맛보러 소풍 깔깔댄다
하루 시간 내어 가자던 삼십 년 동행길
이런저런 경사로 한 몸 더 실려 간다네
시골 들녘 빼곡한 주황의 물결 감탄하네
오랜 구릿빛 농작인들 땀 배인 땅
올망졸망 오색 물결 뽐내는 대자연의 향연
체험의 기회 감칠맛 반시의 맛이여
모두는 17세 소녀가 되어 낙엽처럼 익는다
소문난 짬뽕 귀한 맛본 행운의 날
우리들은 자연 속에 풍경화가 된 한나절
이 또한 생의 감사한 사랑이여.

제3부

관음사에는

전남 곡성군 오산면 숲길 따라
오색 가을 공기가 나무마다 무르익고 있었다
전설 된 심청전 근원 설화의 배경
휑한 절 마당 긴 역사를 간직한 채
소조관음상이 모셔진 관음사 원통전
뼈아픈 슬픔 품은 흔적은 허망하다
절 마당 작은 연못 어람관음상
무엇을 어떻게 말하고 싶었을까
오랜 그 날들 기억을 씻어내듯 흐르는 물
후세들 쪽박 한 모금 분노를 달랜다
단풍길 연결한 운치 있는 금랑각 아래
쓸쓸한 가을이 겨울 채비를 하고 있다
효를 품은 화마를 겪은 깊은 절
인민군 잔당의 점령으로 불탄 자리마다
개망초, 코스모스 목을 세워 흔들리고
천년을 견딘 팔십여 채 전각 바람 되어 사라진
재건된 원통전 총탄에 소실된 눈 없는 부처상
한 세월 자비로 남아 있었다.

봉선사에서

초입부터 예사롭지 않은
느티나무는 오래 사는 나무로 유명하다

세조 추문 덕과 명복 비는 문구가 새겨진
절 마당 속인을 반기는 동종 근엄하다
오랜 침략의 고난 겪은
고통의 흔적 특별하다
한글 "큰 법당" 새겨진 유일한 고찰
뒷산 청청한 숲 역사를 간직한 듯
짙붉게 묵언수행 하고 있었다

다경실 큰스님 친견은 행운
침묵하듯 여러 목소리 내지 않는다
궁금증 역사의 진실 캐어 담는다
뇌리에서 겉도는 집중되지 않는 사연
늦가을 산사 풍경이 매혹적이다
소박한 잔디밭 "다경향실" 돌비석
홀로 쓸쓸하다
그 깊은 시련 증언처럼 품고 있을 게다.

복천암에서

대자연 고대 숨결 오롯이 담긴
충북 보은 속리산 깊숙한 작은 산사
신록길 세조길 따라 발걸음 바쁘다
새소리 바람 소리 따라간 복은 높았다
그토록 깊은 산속 터 잡았는가
아담한 암자에 가부좌한 불상
한글 창제의 발원지 시발점을 둔 신라고찰
청렴 떨친 스님들 발자취 배인
유서 깊은 참선만을 고집한
훈민정음 신미대사를 닮은 주지 월성스님
소탈한 모습 친견도 복천수였다
하루 십여 명의 물만 솟는다는 전설 같은
바위에서 솟는 복 받는 물 한 모금 경배하며
물의 위력을 믿기로 했다
의문을 풀고 추억 남긴
복천수로 씻은 점심 공양도 복이었다.

청량사의 가을

기장군 철마면 가을을 품은 아담한 뜰
삶의 궤도를 돌아보는 결실의 날
부처님의 불도 이룬 도량
큰 스님 근엄한 불법도 따라
단아한 주지 스님 기도 청량한
불도의 길 기도 소리 깊다
문화 융성을 꽃 피우는 기도 또한 깊다

삼라만상 굽이 살피는 백의관세음보살상
지긋한 미소 속세의 평정을 심판하듯
소리 없는 맑고 향기로운 행보 실천하는
시방세계 낮은 곳 찾는 목탁 소리
넓은 산야 생명을 구원하듯
부처의 베품이 물씬 젖은 절 마당
벗꽃나무에 앉은 가을빛 인연 깊어간다.

피아골의 차향

지리산 깊은 구례 피아골
이 세상 근심을 털어놓은 혜우전통차제다교육원
철부지 견학생을 맞이하듯
차를 달이는 온화한 스님의 깊은 손맛
귀한 사람만 대접한다는 침향차
원없이 물 마시듯 고요를 품는다

　　　– 그리움도 오면 두고 가세요
　　　아픔도 오겠지요
　　　세월도 그렇게 왔다가 갈 거예요
　　　가도록 그냥 두세요 –

차방 입구에 정수리를 꽂는 훈계 같은 말
지친 심신 달래는 침향차에 반하고
피아골 깊어가는 가을 소리에 반하고
스님의 통기타 선율에 차 맛은 짙은 가을이다.

과거를 읽다

남양주에 빛나는
조선의 동원이강릉은 고요하였다

세조 광릉은 왼쪽 언덕 양지에
정희왕후 광릉은 오른쪽 언덕에
근검절약 정신 돋보이는 민폐를 덜게 한
-병풍석을 쓰지 말라
-석실과 석곽을 세우지 말라
능을 수호하는 십이지신상 소탈하다

대자연 속에 공간적 조화 이룬 왕릉
전통적 제향 엄숙하게 오늘에 이르고
옛의 지혜로움 곳곳 배여 있었다

세조의 공신들 단합 베푼 금의환향
철저한 절제의 가르침 인간적인 모습
조선 최초 수렴청정을 한
정치적 동반자 정희왕후 향한

애틋한 최고의 이벤트였다는

1400년대 과거를 읽는다.

세종대왕 공원에서

충북과 경북 상주 사이 있는

수학여행 필수 코스였던 속리산

국립공원 초입에 거대하게 조성된

세종대왕 훈민정음공원 발목을 잡는다

실개천 천연수는 역사처럼 흐르고

훈민정음 28자 세상에 반포된 판각

백성을 가르치는 바른 소리라는 뜻 가진

공원을 둘러 본 나는 또 다른 행운이다

발원지도 수시로 잊고 쉽게 사용했노라고

세종대왕상 나란히 계급정리 된

둘째 딸 정의공주의 곱게 자란 책 읽는 모습

한글 창제를 도운 신미대사상

너도나도 그들 동상 앞에서

한 장씩 기억을 만들고 있다.

터줏대감 정이품송 쓸쓸히 서 있다.

양동마을

경주 손씨와 여강 이씨가 뿌리 내린
오백 년 전통 두 가문의 터전이다
한눈에 드는 고즈넉한 씨족마을 정취
관가정 대문 안채에 큰 대청마루
도회의 삶 일시적 해소된 듯 환하다
가장 한국적인 조선시대를 지켜온
넓고 작은 뜰에 나팔꽃 지혜롭게 피고
단정한 종가에 해박과 검소가 있었다
오늘도 전통방식 쌀 도정 하는 후손들 정겹다
초가는 유년의 익숙한 풍경을 일으키고
아랫마을 넓은 연꽃밭 묵언 중이다
곳곳 골동품 같은 흔적들
전통 속 하루의 생각이 교차 된다
휘어진 감나무 가을이 익어가고
길섶 민들레 소국 코스모스 화답 한다
몰랐던 긴 역사는 가까이 있었다.

배롱나무

고즈넉한 낮은 산 병풍 삼아 형성된
경주 강동면 양동마을 아담하다
양반 기와집이 오순도순 터전 이룬
앞마당 한켠 키 작은 늙은 배롱나무
세계문화유산 역사를 영광으로 잇고 있었다

곳곳 초가을 풍경이 아늑한 옛 마을
마을 입구 넓은 연밭 묵언수행 임금님 같은
볼 터진 잘 익은 감나무 열매는 손사래친다
고택 터줏대감 배롱나무
간지럼 타는 재주를 가진 전설 간직한
앙상한 가지만 남은 채 깊게 뿌리내린
그 곁에 코스모스 나팔꽃 공생하고 있었다.

동의보감촌

초록 숲에 둘러앉은 자연의 향연
대한민국 힐링 여행 1번지라는
팸플릿에 산청을 알리는 문구가 뚜렷한
신이 내린 강산 넓은 산천 훌륭히 개발된
수많은 두뇌와 정신력 돋보였다

좋은 약재 복용하지 않아도
약초관 테마공원 한 바퀴에
질 높은 효능 좋은 보약 한 사발 마신 듯하다

허준 선생 발자취에 현실 후손들의 업적
곳곳 심신 치유 공간 손색없는 박물관
최첨단 시설 인간의 두뇌 경이롭다

백두대간 기가 응집된 귀강석에 욕심낸 기체험
보고 듣고 느낌으로 오랜 체증 사라진
한방 물 한 모금 가슴 후련한
몇 시간 발품에 만병이 치유된 듯하다.

미스터 트롯 1

한겨울은 잘 보냈다
초봄부터 갑작스런 코로나19 바이러스의 전쟁
준비 없는 전파에 전 세계는 마비된 채
오늘의 위기를 슬기롭게 헤쳐나가야만
내일이 있고 너와 내가 있다고

TV에서 때를 맞춘 듯 획기적인
행복 바이러스를 선사한 트로트 경연대회
오직 한길만 고집한 젊음들
세계는 절반의 강제성 띤 단절된 일상을
꿀팁처럼 제공되는 안방을 사수한 프로그램

더러는 우울증이 완치됐다는
더러는 활동 금지령에 쌓인 스트레스를 날렸다는
긴 슬럼프에서 통쾌하게 빠져 나왔다는

예전에는 몰랐던 이즘에 와 닿은 노래
음악이 주는 보약 같은 치유 위대하다

보석보다 값진 선물에 감동한 사람들
주옥같은 노랫말 가사에 실린 인생사
함께라서 감동하는 너와 나

진 선 미 탑 세븐 영광의 얼굴들 멋지고
승자의 가슴 시린 무명의 산을 넘은 빛나는 눈물
패자의 안타까움 심금 울리는 사연
스스로를 견딘 대견함까지 박수를 보낸다
최선을 쏘아 올린 대가 덕분에 행복을 흥얼거린다.

미스터 트롯 2

근래 마스크 미인도 있다지
긴 시간 안에서 만들어진 소문이라지
훌훌 벗어 던진 새 봄날 심금 울리는
예전에 몰랐던 트롯 신바람이다
수개월 수년을 갈고 닦은 오직 한길 장인이다
모두가 최종 1위 등극에 손색없다
타고 난 특기 어두운 절망 속에서
오직 빛날 원석을 찾는 당당한 경진대회
10세 작은 체구에서 '천년바위' 절절함이
무명의 시간에 익숙했던 설움 펼치고
삶에 묻혔던 보석 같은 맛깔난 목소리들
안방을 웃고 울리는 목소리 재주꾼들
주옥같은 노래 감상에 궂은일 치유의 행복
예전에 무심했던 트로트의 늦바람
트로트에 바람났다 빠졌다
노랫말 한 소절마다 인생사 배어있는 애절함
대신 헤아려 주는 황태자들 최종 1위다.

봉사는 달콤하다

연두의 향연 봄은 달콤하다

여전히 코로나로 마음 봉쇄된 지구의 혼란

감로사 절 마당 훈훈한 봉사의 손길

한 수장의 깊은 불심

마스크 한 장 한 장에 담겨진 부처의 말씀

초파일 합장하는 손에 전해진다

법당 천정에 힘든 마음들 걸려있다

성불 이룬 큰 스님의 높은 법문

오랜 고목 아래 줄 이은 연꽃 등

주인 잃은 긴 한숨 뎅그렁 눈치만 보는 듯

부족한 불심 하나

빈 연등에 단다

유래없는 아픈 마음 봉사는 달콤하다.

금와 보살

왜 통도사 기슭 꼭꼭 숨었을까
어떤 날 귀한 미소 중생과 접견한다지
간절한 몸과 마음 합장으로 빈다
친견해 주세요
애절한 마음 헤아려 주세요
눈 시리도록 돌 틈 작은 소통 염원이다
꼭 한번, 속세의 맘 씻어주세요
쾌청한 날 금쪽같은 시간이에요
불심 깊은 눈에 보이는 황금개구리라지
돈독한 불심자만이 친견의 횡재 누릴까
그날의 친견에 모든 설움 다 녹았을까
어떤 성찰로 불법에 도달할까요
꼭꼭 누구의 계시로 숨었을까
삶에 한 번쯤 박수갈채로 친견할까요
먼 날 또다시 만남의 복 있을 테지요.

겨울이 깊어진다

발 끝에서 바스락 겨울 소리
화들짝 냉가슴 앓던 그 날을 지운다
슬픔이 깊을수록 다시 일어나는 그 무엇
끈질긴 목석같은 편견을 버린다
가야 할 길 멀어도
빛은 돌아오는 순리 속에서 묵언한다
겨울바람은 등 떠밀어 부추긴다
후두둑 떨어진 나무 앙상함도 잠시
환희의 삶 노래 반짝이며 필 것이다
예측할 수 없는 삶의 무게
겨울이 한없이 깊어지면
세상 또한 그 무엇에 깊어지리라.

연
둣
빛

하
늘

김 명 옥

제4부

낙동강가 1

갈대 서걱이는 낙동강

오늘도 그 바람 소곤거리고 있는지

맑은 강물 계절 따라 철새들 보고

강물 따라 바람 따라 흘러간 세월

갈대 숲길 수많은 발길 재촉이며

너와 나 감탄하던 그 옛날이여

사각사각 수많은 강가의 삶들

평안의 노래 갈대 노래 부르고 있을까.

낙동강가 2

드넓은 들녘 생의 터전
논두렁 밭두렁 농부는 손길 발길 바쁘다
무일푼 일군 땅 푸른 강물 따라
눈물도 기쁨도 저 넓은 강에 풀고
농부의 한숨도 가난도 저 강물에 보냈을
옛사람들은 강물 길러 삶을 이었을
강가 사람들 깊은 지혜는 어디에 있을까
그 맑은 강물 강태공 모습 사라진 지 오랜 세월
그 파닥거리는 물고기 생계를 잇던
그 지난 흔적 볼 수가 없네
흑백 사진 속에서 고립된 풍경 뿐인가
그 강변이 생계를 잇는 필수요건이었다지.

낙동강가 3

어디로 갔는가
그 아름다운 날갯짓 철새들
엄동설한 쉴 곳 찾아 비상하는 모습
먼 길 떠났는가 기약 없이
강물과 바닷물 만나는 곳
몇 무리, 도요새 흔적 찾을 길 없네
콘크리트로 둔갑한 강 끝자락 매정하다
세월 따라 그들도 떠난 자리마다
검붉은 이끼만 둥둥 떠 아픈 강이여
추억처럼 그 새들 돌아올까
새봄이 왔는데 소식 알까.

낙동강가 4

옛 낙동강 나루터가 있었다
바래진 작은 이정표 같은 낡은 비석
덩그러니 초라한 모습 살아있었다
동쪽 서쪽 기별 전하던 색바랜 나룻배
온데간데없는 강태공 밧줄 하나 이어져 있네
누군가 쓸쓸한 마음 옮겨 놓았을
좁은 둑길 가에 핀 백목련 몇 그루
해 질 무렵 서산에 걸친 붉은 노을 쓸쓸하다
동행한 우리들의 눈과 가슴 노을처럼 아픔이다
찬 겨울 강바람에 씻기었을
오랜 시간 흐른 흔적 남아 휑하니 외롭다.

낙동강가 5

서낙동강 줄기 김해 들녘
그 넓은 곳 틈 간간 휴게소 같은
오랜 가야 바람결 따라 둑길 걸었던
옛사람이 일군 대자연 숨소리 들린다
강가 길섶에 네잎클로버 군락
몇은 쪼그려 앉아 행운을 찾는다
자연 속에서
유독 날렵하게 백발백중 손놀림에 탄복하기도
그 행운을 선물 받기도 했던 추억
부럽기도 한 잠깐 그 순간 즐거웠던 기억
모두가 과거가 돼버린 소소한 순간들
네잎클로버 행운의 여신이여 오라
허허로운 가슴에 안겨 오는 강바람 행운이다.

낙동강가 6

어떤 봄날 봄 타령이다
미리 세밀한 계획 잡아 행한 곳
고요로운 김해 들녘 온통 새싹 피고 있던
옹기종기 파릇한 쑥 군락이 표적물
한 꾸러미 캐어 봄 도다리쑥국 끓인다
도심에서 준비한 생수와 양념 넣어
싱싱한 대자연과 봄 도다리 보양식 힐링이다
낙동강 넉넉한 초원 유년을 살아온
그녀의 탁월한 재치 계획과 배려 속에서
몇은 오랜 시의 길 희로애락의 길 동행길
이보다 더 값진 추억 있을까
이보다 더 푸짐한 강바람 누렸을까.

낙동강가 7

새봄 오면 파릇파릇 줄지은 봄

온통 봄기운 힐링이다

온갖 채소들 연두의 향연 새롭다

새로운 것은 누구나의 바람일 게 다

강가 사람들 봄 단장에 분주한 들녘

낯설지 않은 곳 낯설지 않게 안주하고 싶은 곳

오랜 삶의 터전 땀 흘린 농부의 손길

강물 따라 강바람에 씻기어졌을 애환

대자연 순리에 순응하는 착한 강변 숨결

대재앙 회오리에도 허리춤 불끈 멘

논두렁 밭두렁 새 단장 일군 숨결

아직은 살아있다지

그 어디 끝 파릇한 숨결 살아있다지.

낙동강가 8

여러번을 오가던 낙동강 다리
처음으로 건넜던 강
그 아래 저 멀리 흘러가는 큰 강물
저물어 가는 세월 따라 변했을
변명 같은 허물을 벗어버린다
이즈음 나도 변해버린 퇴색한
아득한 몇 가닥 신바람 났을 그날
기억으로 흘러가는 설움이여
되돌아갈 수 없는 먼 길
훌훌 털어버린 모난 세월 흘려보낸다.

낙동강가 9

누렇게 물든 황금들녘 보았는가
그래도 간간 보석처럼 박힌 김해 벌판
그 넓은 땅 알곡 진 누런 벼이삭 보았는가
빼곡한 쳐다 보아도 대대손손 부자였던
그 놀부 같은 갑부 사라진 지 오래됐다지
탱글탱글 통통한 대파밭 밭떼기로 갑부 됐다지
오늘은 찾을 길 없다지 꼭꼭 숨었다지
모두가 쉬운 길 찾는 세월 탓할 수야
너와 나 편한 길 찾아 어차피 한세상
그 넓은 황금색 풍성한 노을 찾을 길 없다지
새롭게 신바람 난 신세대 높은 빌딩 변신했다지.

낙동강가 10

그때의 수양버들 그곳에 있었다
유년의 사택 입구 정자로 큰소리 친
그 웅장한 수양버들에 버금가는 폼으로
강변 따라 강물 따라 흘러 들어간 소담한 곳
몇 그루 길게 가지를 흔들고 있었다
그대 이름 예서 볼 수 있는 봄이었구나
얇은 이파리 햇살 머금어 빛난다
유년의 봄도 반짝이며 빛났을 것이다
추억이 되어버린 삶 속에서
두 번째 고향으로 스며들었을까
고향 같은 타향의 행복이었을까
그 넓은 고목 수양버들 만나고 싶다.

낙동강가 11

그 넓은 김해 녹산 들녘
오랜 사계를 가슴에 묻고 떠난 터줏대감
훌훌 떠난 자리마다 기계 소리 글로벌 아파트 이름
겁도 없이 즐비하게 들어섰네
봄이면 개구리 울음소리 자장가 삼던
5월 모판의 모내기에 풍년을 꿈꿨을
여름날 풍성한 텃밭이 만물의 시장
황금 들녘 가을 오면 맛 오른 과실수
한겨울 쌩쌩 부는 강바람에도 끄떡없는 농심들
갑작스러운 통보에 한 서린 땅 발걸음 무거웠을
이젠 그 풍성한 들녘 볼 수 없네
그 너그러운 시골 얼굴 볼 수가 없네.

낙동강가 12

강둑 따라 논두렁 몇 번을 구비 돌면
가락 벌 자랑 강서 예술촌 있다
강가 사람들 농번기 지나 여유시간 장기 자랑
자기 발견에 취미로 여러 장르 예술가촌
모두가 최고의 예술인의 장이다
문명 발전에 따라 뿔뿔 떠나간 자리
신도시 꿈 들어선다는 비보
그곳의 풋풋한 예술가들 유명세 떨쳤던
끝없는 창작열 불태운 예술의 혼 베인 곳
그 지난 동행으로 감상 누렸던 흘러간 시간
또 다른 자아 찾아 쓸쓸히 떠난 투지의 혼불
오늘날 흩어져 볼 수 없다
어떻게도 탓할 수 없는 현시대의 발전을.

낙동강가 13

사랑하는 이여 강바람 쐬러 갑시다
족쇄 같은 이 굴레 평생을 시간의 전쟁
하루쯤 당차게 벗어 던지고 싶은 날
바람 좀 쐬러 나도 따라갑시다
항상 긍정의 재치로 값진 시간의 사람들
동행하는 문학의 길 사랑하는 이여
좋은 일 궂은일 욕망도 날쌘 그녀다
편한 듯 온갖 행보는 불도에 보시하는 믿음
언제쯤 별도 달도 따서 나눠보리라
언제든 시원한 그 강바람 쐬러 갑시다.

연둣빛 하늘

김명옥

· 시집해설 ·

아직도 서정시학의 어머니를 기리며

정영자
(문학평론가. 한국문인협회 고문)

아직도 서정시학의 어머니를 기리며

정영자
(문학평론가, 한국문인협회 고문)

 그의 시집 『오래된 인연』(2014)에서 나는 김명옥 시인에 대하여 다음과 같이 말한 바 있다.

 "시는 상황이다. 마을은 시인을 낳고 산과 바다는 시인을 키웠다. 그리고 평생을 귀환과 심장 깊숙이 파도 소리를 담고 살았다. 김명옥 시인은 바다마을이 낳고 산과 바다, 작은 들판과 논이 키운 시인이다. 때문에 그의 시에는 항상 바다의 향긋한 내음과 삶의 찐득한 고단함이 스며있다. 그러나 너울 파도의 힘처럼 그의 문학세계와 삶의 지향점은 힘찬 이미지가 샘솟듯 살아나고 있다. 투박하지만 뚝배기의 진솔한 맛깔스러움이 깔린 삶과 시적 지

향이 묻어나고 있는 것이다."

지금도 그의 삶과 시는 다르지 않다. 바다 내음의 투박한 끈기와 성찰적 자기완성을 위하여 문단 데뷔 32년 차의 중진으로서 무게감이 있다.

김명옥 시인은 경남 거제 출생으로 1991년 월간 《문예사조》에 시로 등단하여 시집 『라일락꽃이 지기 전에』, 『먼 바다 저편에는』, 『오래된 인연』, 『홀씨 하나가 세상을 치켜든다』를 상재 하였고 다섯 권째 시집 『연둣빛 하늘』(2023)을 출간한다.

김명옥 시인은 대부분 산과 유년의 밭과 식물성 이미지를 식물의 특성과 함께 삶의 성찰로 형상화 시키는 기법의 연금술에 뛰어났으며 시의 표현에는 적확한 비유와 이미지의 미세한 부분에 대한 깊은 천착이 따르고 있었다.

『연둣빛 하늘』에서도 이러한 기조는 유지되지만 삶의 성찰은 유년 그리고 모성적인 회고에 닿아있고 여행시, 사찰 순례시를 통하여 불교적 세계관에 젖어 있다. 특히 꽃에 대한 어여쁨을 노래하는 꽃 사랑의 여유를 보여주고 있다. 그만큼 세상과 사람을 보는 시야는 넓어지고 공간을 배려하는 시간도 넉넉해져서 한결 시인의 삶을 즐길 수 있는 시점에 문학적 성취는 효과적인 일들을 이루어 내리라 기대된다.

1. 된장국 끓고 있던 유년의 골목과 어머니의 걱정 이 앞섰던 길을 따라

그 길을 가고 있습니다
수없이 지난겨울 언저리
바람은 봄꽃으로 핍니다
배산 아래 사계가 묻어나는 삶의 길
흐린 날 젖은 체온 부추기며
햇살 푸른 날엔 그곳을 봅니다
이루어야 할 무엇이 있기에
바람 지난 상처에 봄꽃이 핍니다

그 길을 가고 있습니다
지난 길 속에는
어머니의 깊은 염려가 있습니다
어김없이 피는 꽃
지척에 두고 온 수십 년 어머니 대문 집

깊은 겨울 보낸 그 꽃 같은 얼굴

애틋한 손길 된장국 끓고 있던 골목

오늘은 그 길이 환하다

아직도 어머니의 걱정이 앞선 집

바램처럼 그 길 가고 있는지 모릅니다.

-「그 길」전문

시인은 유년의 골목길과 지금 살고 있는 부산 연제구 배산 아래 길의 두 공간을 적절하게 조합하면서 춥고 외로웠던 겨울과 봄꽃이 피는 네 계절의 순환을 노래한다. 평범하게 그날의 된장국 끓고 있던 애틋한 어머니의 그 길이 극락이라고 노래하지 않는다. 그러나 타향에서 뿌리내린 지금의 공간의 미가 어머니의 사랑 가득한 염려와 걱정이 담긴 그 길과 연결되어 있다는 것을 상징적으로 형상화시키고 있다. 때문에 항상 겨울 지나 봄이 오고 차가운 바람은 꽃을 피우는 자연의 이법이 흐린 날 젖은 체온을 추스르며 햇살 푸른 고향을 바라보게 한다는 성찰에 이른다.

결국 지금 이 길은 지난날의 그 길의 연속이라는 의미를 담고 있다. 그 길은 어머니의 염려와 사랑, 걱정이 앞선 유년의 그 길과 소통하고 연결되어 훈

훈하고 믿음 가득한 지금 여기의 잔잔하고도 담담
한 만족과 성취를 동반하고 있다.

2. 따스한 햇살 머금은 어머니의 장맛

둥글고 깊은 하얀 면기에
사계를 담는다

한겨울 뜨거운 정 피어오르는
시락국 한 사발 세상이 편안하다

가을날 오색단풍 햇과 풍성한
눈 시린 금수강산 올곧게 빛나고
구리 빛 얼굴들은
황금들녘 흙의 진실을 믿어 캐고 있다

한여름 투명한 얼음 띄운 미역냉국
울화통 화병 속 시원히 풀어주는 맛
청정한 깊은 바다를 담는다

둥글고 속 깊은 그릇
연둣빛 봄을 새롭게 담아볼까

〉

어디에도 부족한 나의 그릇에
따스한 햇살 머금은 어머니의 장독대
그리움 우려낸 속 깊은 장맛을 담아볼까.

– 「그릇」 전문

　범람하는 감정과 지나친 서정을 절제하고 소박하게 봄, 여름, 가을, 겨울의 사계를 그릇에 담으면 세상도 시적 자아도 모두 편안한 「그릇」 예찬은 김명옥 시인이 구한 문학적 성과의 한 개성이 되고 있다. 한겨울의 시락국 한 사발, 황금 들녘 가을의 풍성한 햇과일, 한여름 얼음 띄운 미역 냉국은 우리 세대가 농촌에서 자주 만나던 추억의 음식이면서 오늘날의 건강 제일로 치는 음식이다. 둥글고 속 깊은 그릇에 연둣빛 봄을 새롭게 담아보고 싶은 온갖 나물들의 맛을 자극하고 있는 이 시는 침샘을 고이게 하고 있다. 여기에 이르면 그릇이 의도하는 시의 세계는 이미 독자들에게 음식은 물론이지만 궁극적으로는 어머니의 장독대의 장맛을 불러들인다. 햇살 곱게 내리고 적당한 바람이 불고 어머니의 손끝에서 빤짝거리던 정성의 장맛이야말로 시락국이나 미역 냉국을 맛깔스럽게 하는 촉매가 되는 것이다.

시인은 그릇에 담긴 늘 먹던 음식의 맛을 추억하면서도 감정을 버리고 실상을 그대로 표현하면서도 따스한 햇살 머금은 어머니의 장맛을 그리움으로 형상화하고 있다.

사실적인 표현에 회한의 아픔을 형상화하지 않으면서도 아련한 추억의 장맛과 어머니의 음식을 형상화하면서도 과도한 수사적 장치를 버리고 있다. 감정과 서정을 적절히 버리면서 울림 있는 서정을 표현하는 것이 오랜 문인의 길을 경험한 시인의 내공이라고 본다

봄여름 지나고 알진 가을입니다
명경 같은 하늘 아래 만물도 살아 숨 쉬는데
가끔씩 저녁 밥상이 풍성해지는 꿈을 꿉니다
그때의 시간 되돌아가기엔 먼 기억입니다
가마솥 갓 지은 쌀과 보리 고구마의 조화는 한
폭의 명화
구수한 밥 내음에 아무 걱정 없었던 유년의 땅
그곳이 사무치도록 그리움은
지내온 삶이 그리 녹록지 않은 이유일 게다
겨울이 오면 이뤄내지 못한 씁쓸함이

겨울 산사를 서성이고 있을지도 모릅니다
꽁꽁 얼어붙은 논바닥 썰매를 호호 불며 타던
코끝 찡한 기억처럼 그 열정에 살아온 지도 모
릅니다
오랜 그 가을빛 어머니 밥상을 꿈꿔 봅니다.

- 「가을 전상서」 전문

어머니의 밥상이 그립지 않은 사람은 없다. 아프
거나 입맛이 없을 때 우리는 내 어머니의 사랑 가
득 담긴 그날의 밥상을 그리워한다. 이와 같은 현
상은 나이가 들수록 더욱 간절하게 그 날의 둘레
밥상 위에 따끈따끈하게 김이 나던 투박한 그릇의
음식을 그리움으로 추억하는 것이다. 시의 세계는
우리가 안으로 가득하면서도 제대로 그것을 세밀
하게 표현하지 못할 때 독자들을 대신하여 공감의
장을 열어주는 것이다.

김명옥 시인은 〈가을 전상서〉를 통하여 갓 지은
쌀이 가마솥에서 구수한 밥 내음을 쏟아내던 날의
후각 이미지와 쌀과 보리, 그리고 고구마가 밥솥에
서 한 폭의 명화로 남던 시각이미지를 원용하여 유
년의 땅을 노래하고 있다. 후각과 시각이미지의 조
화는 더욱 맛을 내게하는 촉매가 되고 사무치게 그

리운 시간과 공간을 담아내고 있다.

짧은 한 편의 시에서 그는 병풍 한 폭의 추억 보따리를 풀어서 어머니의 가을빛 밥상에 편지 형식으로 그리움을 배달하고자 한다. 기발한 표현이기도 하지만 그러한 그리움은 지나 온 세월의 혹독함이 있었기에 겨울 산사의 기도가 있었고 열정의 세월이 가능하였다고 고백같은 진술을 하고 있다.

여행시, 사찰순례시보다 유년의 공간이 독자들의 공감대를 넓힐 것이다.

3. 인간의 욕망과 기후변화

몇 년 전부터 밭에서 벌꿀을 치던 아저씨의 꿀벌들이 이유 없이 떼죽음을 하고 왕벌을 따라 어디론지 이주하던 괴이한 현상들이 자주 일어나서 도둑들에 의한 행동인지 아니면 나쁜 마음을 가진 자들의 방해가 아닌가 하고 의심을 하면서도 진작 기후변화의 심각성까지 생각하지도 않았다. 우리 집 밭에서 심고 가꾸어 10년이 넘은 매실나무의 열매가 재작년까지 300KG 수확했는데 작년에는 50KG, 금년에는 30KG 정도를 수확했다.

여러 가지 이유가 있겠지만 매실이 자랄 때 기후 변화에 따른 냉해가 주원인이지 않았나 일반론으로 해석하였다.

기후변화에 따른 인류의 치명적인 문제 때문에 세계 정상들이 나서서 심각하게 논의하고 연대하는 모습을 마냥 남의 일로만 보았으나 실제로 작은 농사를 지어 보면서 그 심각성이 크게 부각 된 것이다.

　

신록 우거진 산천이 부른다

강인하게 지탱해 온 삶을 위로하듯

먼 발치 까치발로 쉬어가라 손짓한다

　

작금의 세상을 탓하기엔 때늦다

인간이 버린 공해물 씨앗 되어 폭발한 듯하다

무심코 뱉은 몇몇 언어의 유희들

갑작스런 폭언 같은 빗줄기

절망에 갇히어 허우적일 때

때론 속 시원한 여름 열기를 식혀주는

희망적인 꿈이 되기도 하지

습과 열이 맞장구치며 쏟아내는 결과물

대자연의 분노를 받아들여야 한다지

한여름 초입에 성대히 신고식 치른

탁 트인 푸른 하늘이 반갑다.

– 「게릴라성 소나기 1」 전문

문명비판을 〈게릴라성 소나기 1〉로 표현한 시인은 인간이 버린 공해물이 씨앗이 되어 폭발하는 자연의 분노를 소환하면서도 시원한 여름 열기를 식혀주는 고마움도 노래한다. 게릴라성 소나기가 올 때 "강인하게 지탱해 온 삶을 위로하듯/먼 발치 까치발로 쉬어가라 손짓한다"는 "신록 우거진 산천이 부른다"는 위로와 휴식을 함께 표현함으로써 아직도 탁 트인 푸른 하늘에 고마움을 노래하고 있다. 비판하면서도 시의 위의와 시인의 품격을 갖추면서 하고자 하는 의도는 다 표현하는 서사를 줄이고 있다.

4. 인간이 만든 과학시대의 편리함과 만족

참 편리하다

온돌방 같은 침대에서 뜨끈히 눈 떠고

집 콕 컴퓨터에서

온갖 장터 먹거리와 일상의 필수품

몇 십분에 현관 앞 대령

발품 팔지 않아도 손 터치로 만사형통

참말 용하다

인간이 만든 기계

그들이 시키는 대로면 오차 없다

인간이 기계에 지배 받고

기계가 군림하는 시대에도 행복할 것이다

버튼 하나면 세계가 하나 된 풍경

세상사 고마운 일이다

지구 방방곡곡 우수품종 가공된 먹거리

기계의 지배보다 더 깊은 눈물 삼킨다

진화된 편리시대

모든 것 사람이 만든 정직한 시대

지금 초현실주의에 만끽하고 있다.

— 「요즘시대 1」 전문

  늘 느끼고 있지만 김명옥 시인과의 대화는 편안
하다. 그리고 넉넉하다. 그의 사회관은 항상 긍정
적이고 생산적이다. 아무리 고단하고 결핍하더라

도 지금 여기의 현실을 받아드리며 최선을 다하는 삶이었다. 〈요즘 시대 1〉은 컴퓨터의 손 터치로 온 갖 장터 먹거리와 일상의 필수품을 구입하는 편리 하고 진화된 정직한 시대의 환상에 대하여 고마움 은 물론 그것을 즐긴다.

"인간이 만든 기계/그들이 시키는 대로면 오차 없다"는 하나 된 세계화의 물결을 형상화하는 신세 대를 살고 있다. "이런 것 할 줄 모르면 앞으로는 돈 있어도 살 수도 없고 음식값 지불도 곤란할 것 이다"란 말이 적중하고 있는 시대에 와 있다. 적절 하게 자신의 눈높이에서 변화하는 시대의 구매 현 상을 고마움으로 노래하는 여유와 긍정의 미학을 깔고 있다.

아직도 김명옥 시인은 유년의 그 길과 어머니의 손맛과 장맛을 그리워하면서도 감정의 과잉, 화려 한 수사적 장치보다 실상의 진술적 서사를 통하여 시대의 고단함과 변화하는 세상을 향하여 순응하 고 감사하는 넉넉한 삶의 성찰을 이어가는 시인으 로 활동하고 있다.

오랫동안 그는 변함 없이 우리 협회를 아끼고 사 랑하는 충성스러운 회원이기도 하다. 그의 문운을 빈다.